Johann Franz Hieronymus Brockmann

Hattyù Jlona oder die Witwe von Ketskemet

Ein Lustspiel

Johann Franz Hieronymus Brockmann

Hattyù Jlona oder die Witwe von Ketskemet
Ein Lustspiel

ISBN/EAN: 9783743424494

Hergestellt in Europa, USA, Kanada, Australien, Japan

Cover: Foto ©Andreas Hilbeck / pixelio.de

Manufactured and distributed by brebook publishing software (www.brebook.com)

Johann Franz Hieronymus Brockmann

Hattyù Jlona oder die Witwe von Ketskemet

HATTYÙ JLONA,
oder die
Wittwe von Ketskemet.

Ein Lustspiel
in
zwey Aufzügen.

Für das kaiſ. kön. National-Hoftheater.

Wien,
gebruckt bey Joh. Joseph Jahn, k. k. privil.
Univerſitäts-Buchdrucker, und zu haben beym
Logenmeister beyder k. k. Theater.
1788.

Zweyter Auftritt.

Wilhelm, und Grünau.

Grünau. Grüß Dich Gott munterer Wilhelm. Halt! ich bitt um Vergebung, melankolischer Wilhelm wollt ich sagen — Was ist hier für eine Veränderung vorgegangen? Ich höre, Dein finsterer, gravitätischer Onkel ist auf einmal ganz Leben und Fröhlichkeit geworden, und Du — sonst die Munterkeit selbst, schleichst her wie ein Träumer, und hängst den Kopf wie ein Tukmäußer, habt Ihr beyde Euren Humor vertauscht? oder wie —

Wilhelm. Ach Herr Grünau, meines Onkels Munterkeit und meine Schwermuth entspringen aus einer Quelle, und das Räthsel wird sich bald lösen.

Grünau. Komm Wilhelm, komm! sag mir's kurz und gut, ehe Dein Onkel wieder kömmt, was betrift die Sache?

Wilhelm. Mit einem Worte, ich bin verloren.

Grünau. Verloren? in Liebe verloren, das weiß ich, aber ich will doch nicht hoffen, daß es Dein Onkel auch ist, das wär ja gar der Teufel.

Wilhelm. Der besitzt ihn auch leibhaft. Stellen Sie sich vor, er reißt nach Ofen, um das Frauenzimmer zu sehen, in die ich mich verliebt hatte, und — verliebt sich selbst.

Grünau. In sie?

Wilhelm. In sie.

Grünau. Da ist er auch wirklich vom Teufel beseßen.

Wilhelm. O Herr Grünau! da ich mich vollkommen glücklich glaubte, da mir nichts als meines Onkels Einwilligung, und die Mündig-
spre-

sprechung fehlte, welches er mir beydes versprochen hatte, stirbt ein Schuldner von ihm in Ofen. Er reißt hinab um sein Geld aus der Erbschaftsmasse zu erheben, ich begleite ihn, er sieht meine Geliebte, wünscht mir Glück zu meiner Wahl, aber in weniger als einer Woche verwandelt sich sein Beifall in Liebe für sie, und Haß gegen mich. Er kann mich jetzt nicht vor Augen sehen, und ist fest entschlossen sie mit Einwilligung ihres Vaters, geradezu zu seiner Frau zu machen.

Grünau. Und nach der närrischen Testamentsklausel Deines Vaters, fällt ihm auch Dein Vermögen zu, wann Du Dich ohne seine Einwilligung verheyratest?

Wilhelm. So ist's. Er bricht mir das Herz, oder macht mich zum Bettler.

Grünau. Armer Junge! aber das kann nicht seyn, das soll nicht seyn, und muß nicht seyn. Es wäre ja Mord und Diebstahl im engsten Sinne. Ein Mann nah' an die siebenzig, der den Nebenbuhler seines Neffen machen will, verdient ja öffentlich an den Pranger gestellt, und mit faulen Eyern geworfen zu werden. Was sagt denn Deine Geliebte dazu?

Wilhelm. Ach Gott! das liebe Weib weiß sich so wenig zu rathen als ich, und wir werden beide den Verstand darüber verlieren.

Grünau. Das liebe Weib?

Wilhelm. Sie ist Wittwe.

Grünau. Wittwe? Ach das Gott erbarm! eine junge Wittwe und Dein Onkel nah' an die siebenzig!

Wilhelm. Ach Herr! sie ist so ein herrliches Geschöpf, verdiente so sehr glücklich zu seyn, um in den Armen eines zärtlich geliebten

Mannes für den Kummer ihrer ersten Ehe entschädigt zu werden.

Grünau. Wie heißt sie, Wilhelm?

Wilhelm. Hattyù Jlona.

Grünau. Gott bewahre, welch ein Mundvoll Namen Hattyù Jlona.

Wilhelm. Helena, wenn Ihnen der deutsche Name sanfter klingt. Sie wurde in ihrem sechzehnten Jahre einen gewissen Hattyù, Pal— dem hirnlosesten und besoffensten Kerl im ganzen Lande aufgeopfert. In sechs Jahren war er mit seinem und ihrem Vermögen fertig. Zum Glück brach er der Hals, eh' er ihr Herz gebrochen hat. Vorgestern ist sie mit ihrem Vater hier angekommen.

Grünau. Wo wohnt sie?

Wilhelm. Hier in der Leopoldstadt in der Jägerzeile.

Grünau. Führe mich hin zu ihr, oder, nein, geh' Du voraus. Ich will und muß Deinen Onkel erwarten, und ihm erst eine Dosis eingeben. Dann komm' ich nach. Wart an ihrem Hause meiner, damit ich weiß wo es ist, da wollen wir berathschlagen was bey der Sache zu thun ist, und sollt's auf gute Art nicht gehen, so muß ein kühner Streich gewagt werden.

Wilhelm. Ich hätte wohl einen Plan, aber ich fürchte nur, meine Wittwe wird Bedenken tragen, die Rolle zu spielen, die ich ihr dabey zugedacht habe, und in diesem Falle bitte ich Sie um Ihren freundschaftlichen Beistand —

Grünau. In soferne ich Dir helfen kann Wilhelm! kannst Du Dich auf mich verlassen. Was sagt denn Deines Onkels geheimer Rath Hannsmichel dazu?

Wilhelm. Oh, der? Der gäbe glaub ich einen Finger darum, wann er die närrische

Hey-

ein Lustspiel.

Heyrath, wie er sagt, hintertreiben könnte. Ein besonderer Kerl, so ein halber Tölpel, aber doch durch und durch gutes Herz. Da kömmt er.

Grünau. Nun Wilhelm geh nur voraus, ich komme bald nach. (Wilhelm geht ab.)

Dritter Auftritt.

Grünau und Hanns Michel.

Grünau. Grüß Ihn Gott Meister Hanns Michel, Er sieht ja aus wie die Gesundheit — Er erhält sich brav.

Hanns Michel. Das ist aber auch ein wahres Wunder, daß ich so aussehe, ich würde abgenutzt, und verstümmelt oben drein seyn, wenn ich nicht selbst für mich sorgte. Unser alter Herr hat den nächsten Weg gefunden, sich, und alle die um ihn sind, auszumergeln.

Grünau. Ich will nicht hoffen, daß die Geschichte, mit der man sich in der Stadt herumträgt, wahr ist. Man sagt er sey verliebt.

Hanns Michel. O! noch zehnmal ärger als das.

Grünau. Der Teufel!

Hanns Michel. Und seine Hörner — Er will gar heyrathen.

Grünau. Das soll er nicht, wann ichs verhindern kann.

Hanns Michel. All' ihr Lebtag haben Sie keinen so veränderten Menschen gesehen. Er ist wieder völlig jung geworden. Er schleift, und hüpft, und springt herum als ob er ein neues paar Beine hätte. Seinen braun kamelotnen Rock, den er sonst alle Sommer trug, den hat er verabschiedet; jetzt lauft er, wie

ein

8 Die Wittwe von Ketskemet,

ein Narr mit dem Kopf unter dem Arm herum.

Grünau. (Lachend.) Mit dem Kopf unter'm Arm?

Hanns Michel. Mit dem Hut wollt ich sagen. Er puzt, und pudert, und schniegelt sich so, daß Sie ihn für einen närrischen Franzosen halten würden, der aus dem Tollhause entlaufen ist. Richtig ist's auch bey ihm im obern Stockwerke nicht. Sollten Sie's wohl glauben, er will sogar, daß ich mir einen Haarbeutel einhängen soll.

Grünau. Ey Hanns Michel, was Er mir sagt!

Hanns Michel. Ja — so wahr ich hier stehe Herr Grünau, einen Haarbeutel! Wir haben schon so viel Streit darüber gehabt. Unter der Bedingung hab' ich die gekräuselten Hemden angezogen, die er mir gegeben hat, daß er mir meinen Kopf ungeschoren lassen soll.

Grünau. Das heißt verliebt seyn, Hanns Michel.

Hanns Michel. Er kann ein Naar seyn, aber mich soll er nicht dazu machen. Er hat die Bocksbaare seiner Perücke in einen Beutel gesteckt, aber an meine eigenen laß ich mir keinen hängen, und so sagt' ich ihm —

Grünau. Was sagte Er ihm?

Hanns Michel. Daß wir alle, Ich, mein Vater, und auch sein Vater, unser Haar getragen haben, wie es uns der liebe Gott hat wachsen lassen, und daß ich schon zu alt wäre, für mein künftiges Leben einen Affen abzugeben, und einen Beutel daran zu hängen, sagt ich ihm — he! he! he! das nahm er —

Grünau. Uibel?

Hanns Michel. Uh! er wurde abscheulich böse, nannte mich einen alten Tölpel, und wollte te den ganzen Tag nichts mehr mit mir reden — den andern Tag kam er wieder darauf, ich aber begehrte kurz und gut lieber meinen Abschied, und seit der Zeit läßt er mich ungehudelt.

Grünau. Er sieht selbst Hanns Michel, wie lächerlich sich sein Herr macht. Wir müssen uns einander beistehen ihm die Braut aus dem Kopf zu bringen, und sie seinem Neffen in die Hand zu spielen.

Hanns Michel. Von ganzem Herzen; es wär ein wahres verdienstliches Werk, wenn wir das zuwege bringen könnten. Heyrathen! in seinen Jahren! der würde sich garstig verrechnen. Lassen Sie' mal sehen Herr Grünau! ins Debet ein alter vier und Sechziger, und ins Credit eine junge verliebte Wittwe von drey und zwanzig Jahren, du lieber Gott! in vierzehn Tagen muß er ja bankerot seyn.

Grünau. Das ist er auch sicher. Was hat Er denn hier in der Hand, Meister Hanns Michel?

Hanns Michel. So ein Modebüchel für meinen Alten. Er hat ganz aufgehört, historische, und auferbauliche Bücher zu lesen, wie er sonst immer gethan hat. Seit ihm die Wittwe in dem Kopf sitzt, so liest er nichts, als die Bibliotheck der Verliebten, Kupido's Träume, die schöne Melusine, und dergleichen zärtliches Zeug. — (Schlägt das Buch auf.) Sehen Sie. (Liest.) „Der im Irrgarten der Liebe herumtaumlende Kavalier!"

Grünau. Der im Irrgarten der Liebe herumtaumlende Narr; da kömmt er ja eben mit allen seinen Attributen.

Hanns Michel. Lesen Sie ihm den Text nur ja recht, und wann Sie was vom Haarbeutel einfliessen lassen können, so thun Sie's ja. (Geht ab.)

Wißhofen. (Von innen.) Wo ist er? wo ist mein guter Freund?

Vierter Auftritt.

Wißhofen und Grünau.

Wißhofen. Hier ist er, hier. Ihre Hand mein Freund!

Grünau. Ich bin erfreut Sie so munter zu sehen, alter ehrlicher Junge.

Wißhofen. So alt eben nicht. Niemand kann alt genannt werden Freund Grünau, der gesund, munter, und —

Grünau. Bey Vernunft ist, an welchem letztern ich aber Lust hätte ein bisgen zu zweifeln, denn in meinem ganzen Leben sah' ich Sie so nicht, wie in dem Augenblicke.

Wißhofen. Man ist nie zu alt zum Lernen Freund! und daß ich jetzt keinen Gebrauch mehr von meiner Philosophie mache, ist, weil ich sie seit zwanzig Jahren ganz abgenützt habe. Ich bin immer mit meiner Ernsthaftigkeit aufgezogen worden. Sie wissen als ich noch in Infima war, nannten mich meine Lehrer schon immer die junge Weisheit.

Grünau. Und wenn man sie nun die alte Thorheit nennte, das wär' denn doch noch ein üblerer Nahme.

Wißhofen. Kein junger Maulaffe soll es wagen mich so zu nennen, so lang ich diesen Freund an der Seite habe. (Schlägt an den Degen.)

Wißhofen. Ein Held oben drein! (Lachend.) Was, im Namen des gesunden Menschenverstandes ist mit Ihnen vorgegangen Freund? Hochbrüstig, Ehrekützlicht, mit langem Degen an der Seite, und einem Beutel an der Perücke? Nichts fehlt Ihnen mehr, als tüchtig verliebt zu seyn, und sieh' da! der leibhafte Ritter von der traurigen Gestalt.

Wisthofen. Traurigen Gestalt? Freund Grünau, das schöne Geschlecht, der beste Richter in Absicht auf Mannsgestalt, ist nicht Ihrer Meinung. Und wenn Sie nicht ein wenig ernsthafter seyn wollen, so muß ich um Vergebung bitten, daß ich Sie her bemüht habe, und mein Herz einem aufmerksamern Freund aufschliessen.

Grünau. Nun, so schliessen Sie's nur auf, Sie wilder artiger, tapferer junger Hund Sie! ha! ha! ha! Ich will so ernsthaft seyn, als ich kann.

Wisthofen. Sahen Sie mich wohl je besser aussehen Grünau, sahen Sie?

Grünau. O ja! weit besser; vor vierzig Jahren.

Wisthofen. Als ich in der lateinischen Schule war?

Grünau. Nein, nein, auf der Universität, als Sie die Jura absolvirt hatten.

Wisthofen. Das kann nicht seyn, ich habe nie mein Alter verläugnet, nächsten Februar werde ich vier und fünfzig.

Grünau. Vier und fünfzig? und ich bin sechzig passirt, und doch war ich einige Jahre jünger, als wir miteinander studirten.

Wisthofen. Schnik — Schnack! ich sage Ihnen, ich bin in meinem vier und fünfzigsten Jahre.

Grünau. Das läßt sich leicht berechnen. Wir kamen zusammen in die lateinische Schule Anno Domini 1733. das ist beynahe 55 Jahre her. Ich war zwar sehr jung, als ich zuerst in

die

die Schule geschikt wurde, bey Ihnen aber ist es bewunderungswürdig, daß Sie nach Ihrer Rechnung ehe in die Schule giengen, als Sie gebohren wurden, aber Sie waren auch immer ein ausgezeichnetes Kind.

Wisthofen. Ich sehe schon, in dieser Ihrer Laune sind Sie weder zu sprechen, noch um Rath zu fragen, und so Herr Grünau bin ich Ihr Diener; Wenn Sie einmal in einem Humor sind, weniger Wiz, und mehr Freundschaft zu zeigen, so werde Ich mir Ihren Rath ausbitten.

Grünau. So lebe denn wohl, alter Knabe, junger Bursche wollt ich sagen, wann Sie die Kinder-Schuhe werden ausgezogen, und durch Zieh-Pflaster wieder Ihre Vernunft erlangt haben, wann ich Sie wieder in Ihrer Wollen Kappe, und Flanellweste, Rollstrumpfen und Babuschen sehen werde, bin ich auch wieder zu Ihren Diensten, und so Bon Jour Monsieur vier und fünfziger. (Geht ab.)

Fünfter Auftritt.

Wisthofen allein, hernach Herr v. Kalb.

Daß doch die Pest über die alten mürrischen Grillenfänger, die weder Geist, noch Leibesfähigkeiten genug haben, um eines andern wackern Kerls, Glück zu begreifen. Gewiß hat Grünau schon von meiner Heyraths-Geschichte gehört! ist wohl gar von meinem theuern Neffen gedungen — aber stellt euch alle auf die Köpfe, nennt mich toll und rasend, habt Mitleid mit mir, oder berstet für Neid, wie es euch beliebt. Meine sanfte, süsse, stille Jlonka soll doch mein Weib werden —

Kalb.

Kalb. (Hustet uud fragt in der Scene.) Zu Hause und allein? —

Wisthofen. Ha mein alter Kalb! Nur herein, willkommen.

Kalb. Gott grüß Dich Freund Wisthofen. Hu! hu! — Gratuliere — hu, Gratulire — Gratuliere von Herzen. Du bist im Begrif eine junge schöne Wittwe zu heyrathen? das ist brav, so wahr ich gesund bin, das ist charmant! — hu, hu — Ein gut Weib, ist ein gut Geschenk, ein schön Weib, ist ein schön Geschenk, aber ein jung Weib, ist das beste Geschenk. Wann ich nicht erst kürzlich ein junges Weib geheurathet hätte, ich glaub', ich wäre schon todt. Hu! hu! hu!

Wisthofen. Danke Freund! danke für Deine Theilnahme — und weil Du mein Glück schon weist, so brauch' ich Dir's nur zu bestättigen. Ja, ich bin gefangen, verliebt bis über die Ohren in ein schönes, sanftes, allerliebstes Weibchen, das mich eben so sehr liebt, als ich sie — hab ich Recht Freund?

Kalb. Recht! wie mein Bein, bey meiner Gesundheit Thomas! Leben ohne Liebe ist Hundeleben. In bin so glücklich als er Tag lang ist. Mein Weib liebt das Herumlaufen, und ich kann auch nicht zu Hause bleiben, — so stimmen wir beyde zusammen. Sie ist alle Abend in dem oder jenem Garten, aber unter lauter guten Freunden. Ich bin ein bisgen mit dem Dampf geplagt. Hu! hu, hu! drum hat sie sich einen guten Freund, eine Art von Vettern gewählt, der für sie Sorge trägt. Ein hübscher und gutartiger Kerl — Es ist ein grosser Trost, so einen Freund in der Familie zu haben, hu! hu! hu!—

Wisthofen. Ist es denn wahr, daß Deine Frau über fünf Schuh hoch ist?

Kalb. Sie hat zwey Zoll und einen Strich, Baarfuß. Ich kann die kleinen Zwergen und die Zaunkrach-dürren französischen Frbsche nicht leiden. Ich habe all' mein Lebtag das Majestätische geliebt — Wie ist's Vetter Thomas? gibts nicht ein Stück kalten Braten, und ein Glaß Slivoviza? das ist so mein Casus zum Frühstück, hu, hu, hu.

Wisthofen. Mich freut es Dich bey so guten Appetit zu sehen, sollst bedient seyn. Also Du räthst mir, die Wittwe auf der Stelle zu heyrathen?

Kalb. Freylich! es ist kein Augenblick zu verlieren, ich beherzige immer das Dictum.

Der Mann in seinen Frühlingstagen,
Muß keine Zeit umsonst verjagen.
Hu! hu! hu!

Wisthofen. Du hast da einen garstigen Husten Vetter.

Kalb. So wahr ich gesund bin Brüderchen! Heyrath ist der beste Bärnzucker dafür.

Wisthofen. Du bist ein vernünftiger Mann! Ich bin so froh, daß Du gekommen bist. Grünau hat mich mit seinen dummen Sticheleyen recht toll gemacht, Du gibst mir aber meinen guten Humor wieder. Komm wir wollen eins frühstücken, dann einen kleinen Spaziergang im Prater machen, und hernach führ' ich Dich zu meiner Wittwe.

Kalb. Herzlich gern. Courage Thomas! komm nur komm. (Gehen beyde ab.)

Sechster Auftritt.

Wohnung der Wittwe.

Die Wittwe, Wilhelm, und Grünau.

Grünau. In der That Madame, hier ist kein anderer Weg übrig. Sie müssen Ihren natürlichen Karakter verläugnen, und einen verstellten annehmen. Ausserordentliche Fälle fordern auch ausserordentliche Maaßregeln.

Wilhelm. Bedenken Sie nur meine Theuerste! daß unser Alles auf dem Spiele steht.

Wittwe. Wann ich es nun aber über mein Herz gewinne anders zu handeln, als es fühlt, werden Sie mich nicht als eine Heuchlerinn hassen, ob ich gleich alles für Sie thue?

Wilhelm. Könnt ich eines solchen Undanks fähig seyn, Engel?

Wittwe. Keine Süßigkeiten. Ihr Männer seit sonderbare Geschöpfe. Ihr dreht und gängelt uns nach Euren Absichten, und dann seit Ihr ungerecht genug, uns gerade um der Thorheiten Willen den Prozeß zu machen, worinn Ihr uns selbst unterrichtet habt. Es fällt mir schwer einen Karakter anzunehmen der mir so ganz entgegen ist — Ich kann mich von meinen altmodischen ungarischen Vorurtheilen nicht sobald los machen, bis ich erst einige Zeit in Wien verheyrathet seyn, und unter Euch feinen Deutschen gelebt haben werde.

Wilhelm. Du anbetungswürdige Frau! was ist denn zu thun? Noch nie hab' ich mir Reichthümer gewünscht, als in diesem Augenblick.

Wittwe. Könnten wir von unsrer Liebe leben, herzlich gern wollt' ich Ihrem Onkel Ihr

Vermögen laſſen, und ihm noch danken, daß er es annimmt, und denn —

Wilhelm. Und was denn? ſüſſe Wittwe!

Wittwe. Und denn — ſollten Sie mit mir davon laufen, ſo weit wir können. Es iſt doch Jammer, daß das Geld, das mein Herz ſo ſehr verachtet, unſre Glückſeeligkeit hindern muß. Und daß um einige Morgen Landes ein armes Weib unglücklich gemacht, dem entriſſen, den es liebt, und einem aufgeopfert werden ſoll, den es nur haſſen kann.

Wilhelm. So ſchwer wird uns der Himmel nicht ſtrafen. Ihre edle Denkungsart macht Sie mir noch immer theurer, und ich werde unſinnig, vor Furcht Sie zu verlieren.

Grünau. Junges Volk! laßt einen alten Mann, der zwar nicht verliebt iſt, aber doch ein ſchönes Weib bis an ſeinen Tod bewundern wird, Euch mitten unter Euren verliebten Exklamationen einen kleinen Rath geben.

Wittwe. Ob ich gleich ein Weib, eine Wittwe, und noch dazu verliebt bin, ſo kann ich doch der Vernunft Gehör geben.

Grünau. Das wundert mich — Nun alſo zum Texte — hier iſt keine Zeit zu verlieren — entweder — oder — entweder Sie heyrathen den alten Wiſthofen machen ſich unglücklich und brechen Ihrem Wilhelm das Herz, oder Sie nehmen dieſen, wider Willen Ihres Vaters, und ſeines Onkels, und machen ihn und ſich zu Bettlern — das ſind die zwey Wege die Ihnen übrig bleiben, wenn Sie ja den dritten, den er Ihnen zeigt nicht einſchlagen wollen. Gehn Sie, gehn Sie Madame! Wenn Sie ſich jetzt nicht über die Schwachheiten Ihres Geſchlechts erheben, jetzt nicht über Ihre Bedenklichkeiten ſiegen wollen, um ſich einem jungen Geliebten,

ſtatt

statt einem alten, haſſenswürdigen Manne in die Arme zu werfen, ſo verſteh' ich nichts von Geſichtskunde, oder Ihre ſchönen Augen ſind ein paar häßliche Lügner.

Wittwe. Ein paar Verräther ſind ſie, das iſt gewiß, die ihre Eigenthümerin in eine Verlegenheit ſetzen, woraus ihr all' ihr bisigen Witz nicht helfen kann.

Wilhelm. Ach! wohl kann er es, wenn Sie ihn nur ausüben wollen. Was war es, nebſt Ihrer Schönheit, das meinen Onkel in einen ſolchen Liebesſchlummer gegen Sie eingewiegt hat, als Ihre Schüchternheit, Ihre Sanftmuth, und Ihre faſt ſprachloſe Sittſamkeit, und Eingezogenheit. Wenn Sie ihn nun aus dieſem ſeinem ſüſſen Traum mit der wilden, ausgelaſſenen, plaudernden Ungarin aufwecken, ſo wird ſein Erwachen ſo ſchröcklich für ihn ſeyn, daß er mir nebſt dem Meinigen noch von ſeinem Vermögen ein Heyrathsgut obendrein gibt, nur daß ich Sie an ſeiner Stelle nehme.

W.ttwe Aber du lieber Gott! ich werde eine ſchlechte Aktrize ſeyn, und meine Rolle erbärmlich ſpielen.

Wilhelm O die liebe Beſcheidenheit! Seyn Sie auſſer Sorgen. Spielen Sie ihm nur eine Szene Ihrer ungariſchen Nachbarinnen auf dem Lande vor, womit Sie mich in Ofen einmal ſo bezaubert haben, und ich will Sie verlieren, das doch ſo viel heißt als Sterben, wann der Plan mißgelingt, und mein Onkel nicht umſattelt.

Wittwe. Nun zur Probe! (*Mit abgewechſelten Tone, als komplimentirten ſich zwey Frauenzimmer.*) Alázatos Szolgàloja az aſz-Szonnak.

(Gegenkompliment.)

Köteles, s' ke'sz Szolgaloja —

(Im erſten Tone.) Tudgya — è az afszſzony, mért Jöttem?

(Gegenkompliment.)

Kettsèg Kivül, minket drága Szemellyevel tiszteilyen. (Unterbricht ſich ſelbſten.) Du lieber Himmel ich ſchäme mich, ich habe das Herz nicht, und ich fürchte mich ſo, daß ich nicht weiß was ich machen ſoll. Es wird nicht gehen.

(Grünau und Wilhelm lachen.)

Wilhelm. (Küßt ihr die Hand.) O vortreflich, bewundernswürdig! was ſagen Sie dazu, Grünau?

Grünau. Ich verſpreche Ihnen den beſten Erfolg, ich kann kaum meinen eigenen Ohren trauen. Nur fort, geben Sie ihm die erſte Lage im Prater, da werden Sie ihn mit der alten Schwindſucht, mit ſeinem Herzensfreund Kalb antreffen.

Wittwe. Und das Gefolge, das ich mitnehmen ſoll.

Wilhelm. Iſt unten, und wartet auf Sie.

Wittwe. Nun ins Himmels, und der Liebe Namen, laß die Kritik lachen über mich wenn ſie will. (Singt etwas von einem ungariſchen Liedchen nach belieben, und geht ab.) Addig élem világomat mig Szél Fujja Pántlikámot.

Wilhelm. Bravo, Braviſſimo, Herzensweibchen.

Grünau. Eh Viva! (Beyde ihr nach ab.)

ein Lustspiel.

Siebenter Auftritt.

Prater.

Wisthofen, und Kalb. Verschiedene Leute die Spazieren gehen. Wirthshütten.

Wisthofen. Wie ich Ihnen sage, eine Ungarinn — und ausserdem, daß die Zügellosigkeit der Sitten die bey uns für Bon ton gilt, sich noch nicht bis zur Ketskemeter Heyde verbreitet hat, so ist diese Ungarinn noch obendrein eine wahre Perle unter ihren Landesmänninen. So sanft, so zärtlich, so eingezogen; sie hat in ihrem Deutsch wenig, aber auch nur gerade so viel ungarischen Akzent, als genug ist ihren Worten eine besondere Süßigkeit zu geben, die so einsilbig, mit so einer liebenswürdigen Zurückhaltung, wie Honig — möcht ich sagen, von ihrem Munde tropfen. So, daß ich bey ihr nur den Trost, und die Freuden finden werde, die der Ehestand gewährt, ohne seine Bitterkeit zu schmecken.

Kalb. Mein Thomas, sieh nur, hierinn sind wir beyde ganz verschiedenen Geschmackes. Ich mag lieber ein munteres, lustiges aufgewecktes Geschöpf von einem Weibe in meinem Hause, hu! hu! hu! die macht auch mich aufgeräumt und fröhlich — Ich kann nicht einmal stille Dienstboten um mich leiden, ich lieb ihren Schnick, Schnack, und ich kann ein gesundes Schläfchen machen, während daß meine Katty und ihr Vetter im Hause herumschäckern und lärmen wie die Katzen.

Wisthofen. Gehorsamer Diener! ich liebe keine Katzen in meinem Hause, ich kann bey keinem Lärm schlafen. Diese Wittwe ist ausdrück-

lich

lich für mich geschaffen. Sie ist so blöde, liebt die Einsamkeit bis zur Menschenscheue. Sie würde nicht vor die Thüre gehen, wann ihre Freunde nicht befürchteten: sie möchte eine Abzehrung bekommen, und sie zwängen der frischen Luft zu geniessen — Nun — Du sollst Dich selbst überzeugen — Deine weiblichen Bekanntschaften waren von jeher plaudernde unverschämte Geschöpfe. Ich für meinen Theil will lieber, daß mein Weib eine Maus, als daß sie eine Katze sey.

Kalb. Und ich bleib' bey meinem Geschmacke — Sieh' was kömmt da für ein flatterndes, hüpfendes Geschöpf von Liebhabern und Bedienten umgeben?

Wißhofen. (Hält die Hand vor die Augen, und sieht in die Szene.) Wär sie nicht so geputzt, so frey in ihrem Weesen, so — so — ich glaube wahrhaftig sie wäre — Nein — es ist unmöglich — und ist da nicht mein Neffe bey ihr? Ich verbot' ihm ja mit ihr zu reden, nein es kann mein Neffe nicht seyn, ich hoffe, sie ist's nicht.

Achter Auftritt.

Die Wittwe (spricht diese Szene durch mit sehr starken ungarischen Accent.) Wilhelm, ein kleiner Husar, ein Zigeunerjunge (als Mohr,) zwey Miethlakeien.

Wittwe. Hagyon Ked békét! Laßt mich ungeschoren junger Mann, mit Euren Seufzern, Pfeilen, und Liebesschmerzen; wann die Schmerzen so groß wären, wie ihr sagt, Eb az ingem, so müßten sie Euch lange umgebracht haben. Wollt Ihr

Ihr mich Eurem Onkel untreu machen? Ugye! war ich nicht Euch auch getreu, bis mir ist befohlen worden, Ihm getreu zu seyn? Ugyé! Ich bin noch nicht lang genug in Wien um gelernt zu haben, wie man zweyen zu gleicher Zeit treu seyn kann.

Wilhelm. (Mit verstellter Wuth.) Nun so weiß ich mir Erleichterung zu verschaffen, denn ohne Sie kann ich nicht leben. (Stürzt ab.)

Neunter Auftritt.

Vorige, ohne Wilhelm.

Kalb. Ist's Deine Wittwe?

Wisthofen. Ich weiß nicht, ist sie's, oder ist sie's nicht. (Besieht sie von allen Seiten.)

Wittwe. Ha! ihre Dienerin Herr Misthofen. (Mit einem affectirten Knicks.) Ich bitte, sagen Sie Ihrem Neffen, daß er nicht so immer hinter mir herlaufen, und winseln, und plappern soll, in seinem grünen Rock, wie ein Papagey. Da bettelt er immer wieder um mein Herz, und Sie wissen ja, daß ich's ihm habe nehmen und Ihnen geben müssen. Nem igaz?

Wisthofen. Er ist ein unverschämter Bettler, und soll auch seines Ungehorsams wegen in der That ein Bettler werden.

Wittwe. Er sagt: daß er ohne mich nicht leben kann. Nun, so ist's ja eine Wohlthat für ihn, ihn Hungers sterben zu lassen. Bizony Isten! Ich wünsche dem armen jungen Menschen von ganzem Herzen den Todt, weil er denkt, daß der das beste für ihn seyn wird.

Kalb. Du Thomas! sie ist sehr zärtlich bey meiner Gesundheit, und ich glaube, sie hat ein wenig starken ungarischen Accent.

Wisthofen. Er ist stärker heute, als ich ihn je gehört habe.

Wittwe. Mistoda? Akzent? Sie reden von meiner deutschen Sprache? das macht der Wind, wenn der stark weht, so geht's mir wie den Stammlern, nur umgekehrt; diese können fast gar nicht reden, und ich muß in einem fortplaudern, das wird mir im Deutschen ein bisgen schwer. Emberségemre mondom. Ich könnte bey starkem Winde meine Zunge nicht still halten, und wann es mir das Leben kostete.

Wisthofen. (Zu Kalb.) Das ist ein grausamer Zustand, Freund!

Kalb. (Zu Wisthofen.) Ey Possen! je lockerer die Zunge, desto besser.

Wittwe. Wann sich der Wind legt, so red ich wenig — wenig und das recht gut. Aber wie ist es denn Herr Wisthofen, weswegen bin ich denn in Wien? Sie sagen mir gar nichts von Komödien, Opern, Maskeraden, und Feuerwerk, das muß ich alles, alles sehen, alle Tag was anders, alle Tage Ugy és nem Külömben.

Wisthofen. Beym Himmel ich schwitze über und über für Angst, wir werden den ganzen Prater um uns her versammlen.

Kalb. Je mehr Volk je lustiger. So wahr ich gesund bin. Hu! hu! hu!

Wittwe. (Indem sie sieht, daß Leute die im Spazieren gehn begriffen sind, stehen bleiben, und ihr zuhören.) Was gaffen denn die Maulaffen, als hätten sie noch nie ein Weibsgesicht gesehen. Mich dünkt, dieser fremde Herr — (auf Kalb) ist ein Freund oder Anverwandter von Ihnen, ich will ihn auch immer als einen solchen betrachten, obwohl ich ihn bey näherer Bekanntschaft nicht werde leiden können.

Kalb.

ein Lustspiel.

Kalb. Madame! Sie beehren mich. Ihre Aufrichtigkeit gefällt mir so sehr als Ihre Person. Ich beneide meinen Freund Wisthofen um sein Glück. Wenn ich nicht verheyrathet, und Sie schon versagt wären, so wollt' ich es versuchen mich Ihnen angenehm zu machen. Hu! hu! hu! das wollt ich.

Wittwe. Und in der That mein Herr! das sollte auch mir sehr angenehm seyn — denn ich würde Sie eben so sehr hassen, als meinen lieben ersten Mann, und so hätt' ich denn den Trost, daß nach aller menschlichen Wahrscheinlichkeit meine Quaal nicht lange dauern würde.

Kalb. (Zu Wisthofen.) Ey der Teufel! sie bringt doch mehr als einsilbige Worte hervor. Freund! was bist Du glücklich, Du bekommst mehr im Kauf, als Du behandelt hast. Sie spricht ziemlich frisch weg.

Wisthofen. Frischer als mir lieb ist. Ich bin mit einem Streiche zu Boden geschlagen.

Wittwe. Was sind Sie so traurig mein lieber Misthofen? Als Sie sich in Ofen um meine Gunst bewarben, da waren Sie so munter, so fröhlich, und nun sind Sie so gedankenvoll und melankolisch, als wenn wir schon ein Jahr verheyrathet wären.

Wisthofen. In der That Madame! ich bin ein wenig Gedankenvoll, denn ich glaube die Reihe ist jetzt an mir. Vor einem Monate noch waren Sie äußerst über den Verlust Ihres seeligen Mannes bekümmert, daß Sie nun Ihre Thränen so geschwind auftrocknen konnten, das macht mich natürlich ein wenig nachdenken.

Wittwe. Edes Kintsem Galambom. Ich könnte über ein Duzend verlohrner Ehemänner leicht meine Thränen trocknen, wann ich sicher wäre, daß der dreyzehnte Ihnen gliche. Und

B 4 dies

dies ist der Fall bey allen Weibern in Ungarn und in Oesterreich.

Kalb. Du Thomas! die stirbt an keiner Abzehrung, sie hat eine gar zu schön, und vollklingende Stimme. O! was wirst Du glücklich seyn.

Wisthofen. (Bitter lächlend.) O ja! sehr glücklich.

Wittwe. Komm, komm! Laß uns nicht vor der Zeit melankolisch seyn. Ich bin gewiß, daß ich die anderthalb Jahre durch stumm genug war. Ich muste auf Befehl meines Vaters um meinen ersten Mann trauren, damit ich desto sicherer einen zweyten bekäme. Sie wissen ja ohnehin wie schwer es bey uns in Ungarn denen armen Wittwen wird. Nun aber hab' ich Arm und Beine wieder frey, jetzt werden mir die Flügel wieder wachsen, und da ich aus meinem Käfficht heraus bin, so wollt' ich zwey Tage und Nächte in einem fort tanzen, und dazu singen wie eine Amsel. (Singt und tanzt Ungarisch.) Ich bin so vergnügt, daß ich von meinem Vater los bin, ich könnte ohne Flügel über den Mond fliegen, und noch vor dem Mittagsessen wieder zurück seyn — Uram Botsás! Seht dort nicht der Herr Rittmeister von Löwenhayn? Er war zum sterben in mich verliebt, als er bey uns im Quartier lag, und ich war ihm auch nicht feind — Ich muß ihn ein wenig necken, und ihm sagen, daß ich wieder geheyrathet werde, das wird ihn zur Verzweiflung bringen. (Zu den Bedienten.) Marsch Kerls! steht nicht so da und habt die Zunge im Maul, zeigt Eure Livreyen, bückt Euch vor Eurem künftigen Herrn wie sich's gehört. Den Kopf in die Höh', und nun trippelt mir nach, so leicht, als wann Ihr keine Schenkel zu Eurem Füßen

hättet. Ich bin gleich wieder bey Ihnen meine Herren. O ich bekomm' einen Mann, ich werde gebeyrathet. (Hüpft singend ab, ihr Gefolge ihr nach.)

Zehnter Auftritt.
Wisthofen, und Kalb.

Kalb. Ist das die sanfte, zärtliche, eingezogene Ungarin, der die Worte nur tropfenweise wie Honig vom Munde fliessen? — Menschenscheu? die man zwingen muß in die Luft zu gehen, um nicht die Schwindsucht zu bekommen. Du Thomas! die beißt Dir bey meiner Gesundheit meine Katty weg. Meinst Du nicht?

Wisthofen. Ach sie beißt auch mich weg, wenn ich mich nicht in Postur setze. Was ist da für eine erschröckliche Verwandlung vorgegangen? Kehr um Wisthofen, oder sie kehrt Dir den Kopf um: Tanzen! zwey Nächte nacheinander! über den Mond fliegen. Eh! so flieg' und tanz Du und der Teufel.

Kalb. Da kömmt sie schon wieder. Ich kann mich nicht entschliessen fort zu gehen, es geschicht mir ordentlich wohl, wenn ich sie seh' und höre. Freund! was bist Du zu beneiden, Du sitzest dem Glücke im Schoose.

Wisthofen. O! ich wollte einen Finger darum geben, aus dem Glücksschoose mit guter Art heraus zu seyn.

Eilfter Auftritt.
Die Wittwe kömmt zurück zu den Vorigen.

Wittwe. Ha! ha! ha! Der arme Rittmeister! ist ganz ausser sich. Er will verzweifeln, daß die Stadt sich schon Ihnen auf Kapitulation ergeben hat — Um ihn ein wenig zu trösten, hab' ich versprochen, ihn bey Ihnen aufzuführen. Es ist ein gar allerliebster Mensch, er wird mir manchmal recht gut die Zeit vertreiben, während Sie Ihr Nachmittagsschläfchen machen.

Wisthofen. Sie sollen mich nicht schlafend erwischen, dafür geb' ich Ihnen mein Wort — Was für eine Entdeckung ich gemacht, und wie glücklich ich noch entkommen bin. Der Angstschweis bricht mir aus, wann ich die Gefahr bedenke, in der ich mich befand.

Kalb. Um Vergebung Vetter, dort geht mein Weib, und ihr guter Freund der Leutnent Bärnfeld — ist das nicht ein hübsches Paar? Ich muß ihnen nach, und meinen Spaß mit ihnen haben. (Als ob er ihnen nachrufte.) Ja kichert nur, lauft nur, daß ich euch nicht soll' einhollen können. Ihr Diener Madame! Du bist ein glücklicher Mann Thomas! bey meiner Gesundheit. Hu! hi! hi. (Läuft ab.)

Dreyzehnter Auftritt.

Wisthofen, und die Wittwe.

Wittwe. Ich kenne den Herrn Leutnant Bärnfeld recht gut. Er war bey meines seeligen Mannes Lebzeiten täglich in unsern Hause, lag auch da im Quartiere. Und in der That, es war ein grosser Trost für mich, er hat mir manche traurige Stunde recht angenehm vertrieben.

Wisthofen. (Vor sich.) Auch eine Bekanntschaft? Bravo! Löwenhayn, Bärnfeld, mein

Haus würde ein Sammelplatz von lauter Bestien und Raubthieren werden. Herr habe Mitleiden mit mir!

Wittwe. Lieber Misthofen! ist die Spindelbeinigte Figur von einem Vetter wirklich verheyrathet? Ich beneide sein armes Weib nicht, denn er wird sie zur Belohnung für ihre Zärtlichkeit bald mit seiner Schwindsucht anstecken.

Wisthofen. (Für sich.) Gott sey Dank für die Befreyung, das ist Pardon, just einen Augenblick noch vorher, ehe ich von der Leiter geflossen werde.

Wittwe. Sind Sie nicht wohl lieber Misthofen? Gott bewahre, daß Sie mir nicht vor unserm glücklichen Hochzeitstage krank werden. Nachher soll es mir sehr lieb seyn, wenn die Krankheit auch noch so gefährlich wäre, weil ich das Vergnügen haben werde, Ihnen selbst zu warten.

Wisthofen. Ich hoffe, ich werde Ihnen die Ungelegenheit nicht machen.

Wittwe. Gar keine Ungelegenheit gar nicht, gar nicht, ich versichere Sie auf meine Ehre, tiszta szivembül foyok szolgálni.

Wisthofen. In der That Madame, ich glaub's.

Wittwe. Je eher, je lieber. Und je mehr Gefahr, desto mehr Ehre für mich. Ich spreche von Herzen.

Wisthofen. Und ich auch Madame! (Seufzt.)

Wittwe. Aber laßt uns nicht an künftiges Vergnügen denken, und das gegenwärtige darüber vergessen. Ein Schneider wartet auf mich, um mir die Kleider anzumessen, in denen ich die Sorgen der Hattyú Jlonca als Frau von Misthofen vergessen soll. Vermögen hab' ich zwar nicht, dafür aber will ich Ihnen ansehnliche Schulden mitbringen, die ich Ihnen alle zehnfach mit Zärtlichkeit bezahlen werde. Ihre tiefe Börse, und mein offenes Herz schicken sich herrlich zusammen. Heute geh' ich zum Kasperl in die Komödie, und Morgen in der Stadt — Ich bin ein ganz anderes Geschöpf, da ich wie ein Vogel im freyen Felde herumflattre. So gesund, so munter! und nie geplagt mit Euren garstigen Vapeurs. Haben Sie auch Vapeurs, Herr Misthofen?

Wisthofen. Dann und wann ein bisgen Madam!

Wittwe. Ich will Sie verjagen wie Rauch. Wo ich hinkomme gibts keine Vapeurs. Ich hasse Eure Vapeurs, Eure Nervenkrankheiten, Eure Hippokondrie. Ich will Sie lieber ein wenig quälen, und dadurch Ihr Blut in Bewegung bringen, als zugeben, daß Ihnen etwas in den Kopf komme, was nicht hinein gehört.

Wisthofen. Oh Madame! Ich will schon sorgen, daß nichts weder in, noch an meinen Kopf komme, das nicht dahin gehört. Welche Errettung!

Wittwe (Nach der Uhr sehend.) Uram Isten! was die Stunden verfliegen, wann man das Glück hat in Ihrer Gesellschaft zu seyn. Aber ich muß Sie verlassen, denn es warten eine Menge Leute mit allerhand Waaren auf mich. Und diesen Vormittag kömmt auch noch mein leiblicher Bruder der Leutnant Karvas Iztván. Der sieht mir so ähnlich, daß Sie uns beyde nicht von einander unterscheiden sollten, wenn wir beysammen stehen. Sie werden ihn recht lieb haben, der arme Narr! Er lebt von seinem Kopf, wie Sie von Ihrem Gelde, und so kann einer dem andern aushelfen. Auf Wie-

Wiedersehen Herr Misthofen. Ihre Zärtlichste. (Geht mit ihrem Gefolge ab.)

Vierzehnter Auftritt.

Wisthofen (allein.)

Ihre Zärtlichste. (Sie nachspottend.) Daß du toll würdeſt mit deiner Zärtlichkeit! uf! (Troknet ſich den Schweiß ab.) Ich weiß nicht ob ich in der Luft oder auf der Erde bin — da wär' ich ſauber angekommen, du liebes, ſanftes Täubchen du! — Die muß ich ſuchen wie ein falſches Geld los zu werden. Mein Neffe iſt Narr genug noch in ſie verliebt zu ſeyn, und wann ich ihm meine Einwilligung ſamt ſeinem Erbtheil gebe, ſo nimmt er Böſes und Gutes miteinander, und dankt mir noch oben drein. Proſit die Mahlzeit Herr Neffe! — Ich will gleich zu Grünau ſchicken, meine Thorheit bekennen, ihn um Verzeihung bitten, ihm den Auftrag geben, meinem Neffen ſein Glück anzukündigen, an die Wittwe ſchreiben, mich gegen ſie erklären, und ſo ihrer und ihrer Zärtlichkeit los werden, ſo bald ich kann. (Geht ab.)

Zweyter Aufzug.

Zimmer in Wisthofens Hause.

Erster Auftritt.

Grünau, und Wilhelm.

Wilhelm. (Indem er Grünau die Hand drückt.) Wir sind Ihnen ewig verbunden. Ich kann nicht mehr sagen, Worte würden das Gefühl meines Herzens nur sehr schwach ausdrücken.

Grünau. Wann ich nicht wüßte, daß Du ein guter Junge bist, würde ich mich nicht in die Geschichte gemischt haben. Aber unsre Arbeit ist noch nicht gethan, bis es heißt: Signatum & Sigillatum.

Wilhelm. Lassen Sie mich zu ihr fliehen, und ihr erzählen wie gut alles geht.

Grünau. Nur nicht so voreilig Junge! Sie ist schon davon unterrichtet. Auch ist ihre Rolle noch nicht ausgespielt, und eine so vortrefliche Aktrize wird doch im letzten Akte nicht stecken bleiben.

Wilhelm. Ich wünschte: Sie liessen mich meines Onkels Vorschlag gleich auf der Stelle annehmen, ohne ihn weiter zu treiben.

Grünau. Ja? So kündige ich Dir auch auf der Stelle meinen Beystand auf. Einfältiger Junge! willst Du Dich durch seine Heucheley, und Dein gutes Herz betrügen lassen? Es ist weder Liebe zu Dir, noch Gerechtigkeits Liebe, daß er so handelt, seine eigene elende Lage

zwingt

zwingt ihn dazu — durch die Tortur muß er ge-
zwungen werden, Dir Recht wiederfahren zu
laßen. Nicht allein Dein Vermögen, sondern
ein Prämium obendrein mußt Du haben. Soll
Dein Muth schwächer seyn, als der Deiner
Wittwe, die mit Freuden an ihr letztes Ge-
schäfte geht! Fi! der Schande!

Wilhelm. Nun verzeihen Sie nur dem Ueber-
maaße meiner Liebe. Ich will mich ganz Ihrer
Leitung überlassen, so hartherzig seyn, als mein
Onkel es ist, und seinen Leib zum Besten seiner
Seele quälen.

Grünau. So ist's brav! und bedenke nur,
daß Dein und Deiner Wittwe künftiges Glück
von der Ausführung Eures angefangenen Werks
abhängt. Laß es Deinen Onkel fühlen, daß,
wenn man Gerechtigkeit von andern fordert,
man auch gegen sie gerecht seyn müsse. Nun
mach', daß Du fortkömmst, und hoffe alles von
der letzten Szene Deiner Wittwe.

Wilhelm. Aber denken Sie sich nur lieber
Grünau, die Angst in der ich seyn werde, so
lange sie in Gefahr ist.

Grünau. Ha! ha! ha! über die Gefahr!
darüber sey Du unbekümmert, ich müßte Deinen Onkel nicht kennen. Und über dies können
wir ja bey der Hand seyn, um im Falle der
Noth, ihr beyzustehen. Stille! ich hör' ihn.
Fort! fort! ich will seinem harthäutigen Herzen aufs Lebendige kommen; und wenn ihm die
Unruhe, die er Dir verursacht, nicht doppelt
vergolten wird, so sag', ich sey kein Politikus.
(Wilhelm geht ab.)

Zwey-

Zweyter Auftritt.
Wisthofen, und Grünau.

Wisthofen. Nun lieber Freund! haben Sie meinen Neffen gesprochen? Ist er nicht auſſer sich vor Freuden über meinen Vorschlag?

Grünau. Der Zwietrachtsteufel ist einmal unter Euch gefahren, und treibt nun seinen Unfug in der Familie. Sie haben den armen Jungen zu weit getrieben. Er ist ganz weg, was man weg heißt. Er starrte mich an, seufzte, lachte wieder, und gab mir lauter wunderliche, und abgeschmackte Antworten. Mir gefällt er gar nicht.

Wisthofen. Ja! was denken Sie denn bey der Sache?

Grünau. Was ich immer gedacht habe. Die Narrheit ist in Eurer Familie Epidemisch. Erst waren Sie davon angesteckt, nun hat sie Ihr Neffe von Ihnen, und — zu Ihrer Schande sey es gesagt, — es ist auch wohl das einzige, was er von Ihnen hat.

Wisthofen. Bin ich nicht im Begriff ihm mehr als Recht wiederfahren zu lassen?

Grünau. Da Sie ihm bis jetzt so wenig haben wiederfahren lassen, so können Sie freylich nicht zeitig genug anfangen.

Wisthofen. Will ich ihm denn nicht die Person abtretten, die er liebt, und die ich selbst heyrathen wollte?

Grünau. Ja das ist wahr, Sie wollen ein immerwährendes Vesikator von Ihrem Rücken nehmen, um es auf den seinigen zukleben; was Sie für ein zärtlicher Onkel sind.

Wisthofen. Aber Sie bedenken das Vermögen nicht, das ich ihm mitgeben will.

ein Lustspiel.

Grünau. Mitgeben? Herausgeben! müssen Sie sagen; es ist ja sein, und Sie hätten es ihm schon lange geben sollen. Nun müssen Sie mehr thun. Ich dächte ein acht — bis zehntausend Gulden wären noch immer eine schwache Entschädigung für die Last, die Sie ihm durch eine solche Heyrath auflegen wollen.

Wisthofen. Acht — bis zehntausend Gulden? — Daß laß ich wohl bleiben. Er soll ein Narr seyn, und ich will sie lieber selber heyrathen, ehe ich mir sie um den Preiß vom Halse schaffe — lieber Grünau! erzeigen Sie sich jetzt als meinen Freund, bereden Sie meinen Neffen, daß er meinen ersten Vorschlag eingeht.

Grünau. Sie haben den bösen Feind rebellisch gemacht, nun sehen Sie auch zu, wie Sie ihn wieder besänftigen, und wann Sie das wollen, so können Sie auf meinen Beystand rechnen. Denn, wenn der Kopf einmal wirblicht ist, so kann ihn nichts geschwinder zu Rechte bringen, als eine Dosis von zehntausend Gulden. Soll ich ihm die in Ihren Namen versprechen?

Wisthofen. Lieber will ich mich selbst in den Narrenthurm sperren lassen.

Grünau. Nun denn, viel Glück zum neuen Quartier, und zur schönen Aussicht. (Geht ab.)

Dritter Auftritt.

Wisthofen (allein.)

Ich bin in einer saubern Brühe. Wenn der alte Karvas mich nicht los läßt, ohne für seine Tochter zu sorgen, so kann es mich noch eine Menge Geld kosten, und keiner von uns ist ba-

C bey

bey gebessert. Mein Neffe halb Narr, ich halb verheyrathet, und beyde ohne Rettung!

Vierter Auftritt.

Ein Bedienter, Wisthofen.

Bedienter. Herr Karvas will aufwarten, wanns gefällig wäre.

Wisthofen. O weh! o weh! nun wirds einen Sturm geben. (Zum Bedienten.) Soll mir eine Ehre seyn, laßt ihn ja nicht warten. (Bedienter geht ab.) Es soll mich doch wundern, ob er meinen Brief an seine Tochter gesehen hat. Ich will ihn nach und nach sondiren, um meiner Sache gewiß zu seyn, ehe ich mich ganz herauslasse.

Fünfter Auftritt.

Karvas Uram, und Wisthofen.

Karvas. Szolgája az urnak! Es ist mir eine Freude, daß ein Edelmann wie Sie, die Ehre haben soll, sich mit der Familie der Karvas zu verbinden. Wir sind zu sehr Edelleute gewesen, um reich zu seyn, so wie Sie sich selbst durch Ihr Geld zu einer Art von Edelmann gemacht haben. Dieser geht einen Weg, jener den andern, und am Ende kommen beyde zusammen, das erhält das Gleichgewicht von Europa.

Wisthofen. Ich bin Ihnen sehr verbunden, aber ich bin ein alter Mann, und ich dachte —

Karvas. Und ich dachte, wenn Sie noch so alt wären, so kann meine Tochter Sie wieder jung machen. Sie hat so frisches warmes Blut in den Adern, als eine in ganz Ungarn. Ich
woll.

wollte nur, Sie hätten auch so ein süsses Geschöpf von einer Tochter wie die meine, damit wir ein doppeltes Kreuz formiren könnten.

Wisthofen. Das wär ein doppeltes Kreuz in der That. (Bey Seite.)

Karvas. Ich war mit meinem ersten Weib übel daran, die war ein Teufel von Verstand — Und ihre Tochter ist ihr vollkommenes Ebenbild. Aber ein tapferer Mann bebt vor keiner Gefahr. Ein andermal würde ich mich wohl besser vorgesehen haben.

Wisthofen. Ja, aber ich mache auf nichts weniger Anspruch, als auf Tapferkeit, und ich fange jetzt schon zu zittern an.

Karvas. Ich habe meine Tochter in aller Unterwürfigkeit erzogen. Sie ist so zahm als ein junges Füllen, und so zärtlich, als ein Hünchen, das erst ausgekrochen ist. Sie werden gewiß zufrieden mit ihr seyn. Sie bringt Ihnen alle guten Eigenschaften zu, nur Geld nicht, das haben Sie in Menge, ob Sie gleich nichts anders haben, und das nenn ich das Gleichgewicht der Dinge.

Wisthofen. Aber ich habe Ihrer Tochter grosse Verdienste und mein grosses Alter in Erwägung gezogen —

Karvas. Ah! es ist ein reizendes Geschöpf, ich sollt' es nicht sagen, da ich Ihr Vater bin —

Wisthofen. Ich sage mein Herr! Ihre Tochter hat grosse Verdienste, und ich habe meine grossen Schwachheiten —

Karvas. Die haben Sie freylich, aber dafür können Sie nicht, und wann meine Tochter es sich sollte einfallen lassen, über Ihr Alter, oder Ihren Geiz zu spotten, so wollt' ich ihr's in Ihrer Gegenwart hundertmal wiederhollen, daß Sie nichts dafür können. Aber sorgen Sie nicht Alter! ſie wird nur Mitleid mit Ihnen und Ihren Gebrechen haben. Ich habe ſie zur Güte und Sanftmuth erzogen, ſie wird nichts als ja, und nein, ſagen. Sie wird wie ein zahmes Turteltäubchen ſeyn, und den ganzen Tag mit ihrer Nadel bey dem Tamburin ſitzen.

Wiſthofen. Ja, ſo ſah' ich ſie in Ofen auch. Aber nun fürcht ich ſie wird ein wenig mehr als ja und nein ſagen, und es wird auf alle Fälle beſſer ſeyn, wann wir gar nicht zuſammen kommen.

Karvas. Bis Ihr verheyrathet ſeyd? Mir iſt's Recht, und es iſt auch beſſer ſo. Ich habe mein ſeeliges Weib nicht ehe geſehen, als acht Tage vor der Hochzeit, und es hätte mich auch nicht bekümmert, wenn ich ſie hernach nicht mehr geſehen hätte.

Wiſthofen. Aber Sie verſtehn mich nicht, ich ſage —

Karvas. Ich verſtehe Sie nicht? und Sie ſprechen doch deutſch.

Wiſthofen. Aber Sie verſtehen meine Meinung falſch, Sie begreifen mich nicht.

Karvas. Dann begreifen Sie ſich ſelbſt nicht, und ich habe nicht die Gabe das zu verſtehn, was Sie nicht geſagt haben

Wiſthofen. Ich bitte Sie demüthig, hören Sie mich nur ein wenig an.

Karvas. Ich höre Mann! ich höre, ich will Sie nicht unterbrechen, reden Sie —

Wiſthofen. Ihre Tochter —

Karvas. Ihr Weib, ſo muß es ſeyn.

Wiſthofen. Mein Weib? Nein, ſo muß es nicht ſeyn. Lieber Himmel! wollen Sie mich denn nicht hören?

Karvas. Seyn oder nicht ſeyn, iſt das hier die Frage? — —.

Wiſt-

Wisthofen. Mein Gott! so hören Sie mich nur. Ich erkenne mich selbst Ihrer Unwerth, ich habe die größte Hochachtung für Sie, für Ihre Tochter, für Ihre ganze Familie. Ich würde mich durch eine Verbindung mit derselben geehrt achten, — aber es gibt so verschiedene Ursachen ——

Karvas. Freylich gibts verschiedene Ursachen, warum ein alter Mann kein junges Weib heyrathen soll. Aber das ist Ihre Sorge, nicht die meinige.

Wisthofen. Ich habe einen Brief an Ihre Tochter geschrieben, ich hofte, Sie hätten ihn gesehen, und brächten mir Antwort.

Karvas. Usön — meg a Ménkö! wollen Sie einen Briefträger aus mir machen? hát Kutzorgos teremtette! Bildet Ihr Euch ein, daß Euch der alte Karvas Agoston Eure Briefe tragen wird? Hol der Teufel Euch, und Eure Briefe. Ich wollte dem König (nimmt den Hut ab) Agyon Isten néki Sokjó Szerenstét — keinen Brief tragen, auffer er wär' von mir selbst.

Wisthofen. Aber mein Gott, wie können Sie gleich so böse werden, um nichts, und wieder nichts.

Karvas. Was? ist das nichts, eine Klepperpost aus mir zu machen? An meine Tochter habt Ihr geschrieben? Ich gehe gerade zu ihr, denn ich hab sie heut noch nicht gesehen, und find' ich, daß Ihr das mindste geschrieben habt, das mir nicht ansteht, so nehm' ich's als einen Afront für unsre Familie auf, und Ihr sollt entweder das edle Blut der Karvas vergießen, oder ich will die rothe Pfüze der Wiß — Wiß — Mist — wie ist der Hunde Namen? Misthaufen, bis auf den letzten Tropfen abzapfen. Hört!

Ihr müßt Euch nicht regen bis ich wieder zurückkomme, Jsten látja lelkemet! Ihr seyd unglücklich, wenn Ihr Euch untersteht zu essen, zu trinken, zu schlafen, oder gar aus dem Hause zu gehen, bis meiner Ehre Genugthuung geleistet ist. Und so Kend szolgaja még el jörök. (Geht ab.)

Sechster Auftritt.

Wisthofen (allein.)

Nun ist der Teufel gar los. Wann mich nicht ein Mirackel rettet, so werd' ich ein Narr wie mein Neffe — O weh! o weh! das bischen verliebt seyn kömmt mich theuer zu stehen. Nehmen kann ich sie nicht, das ist ausgemacht. Mein Neffe muß an meine Stelle treten, und sollt es mich mein halbes Vermögen kosten. Hanns Michel!

Siebenter Auftritt.

Hanns Michel, Wisthofen.

Wisthofen. Garstige Dinge, Hanns Michel!
Hanns Michel. Ja wohl garstige Dinge; aber du lieber Himmel wie konnt's Ihnen auch einfallen zu heyrathen! Ich hab' es wohl vorher gewußt wie's kommen würde.
Wisthofen. Nun wie kömmt's denn?
Hanns Michel. In der geschriebenen Zeitung, und in Wienerblättchen stehts schon.
Wisthofen. Desto besser Hanns Michel, so glaubts Niemand.
Hanns Michel. Aber die Leute kommen und fragen.
Wisthofen. Und Du läugnest es doch?

Hanns

Hanns Michel. Ja was hilft das Läugnen? Eben stand ich unten am Thor und sagte dem Bedienten der Frau von Zelten, der sich auch erkundigte, daß dies lauter abscheuliche Lügen wären. Da sieht Ihr Neffe im 2ten Stock zum Fenster heraus, mit zerrauften Haaren, feurigen Augen, glühendem Gesichte, schreit herab: Es sey alles wahr, und erzählt die ganze Geschichte. Auf einmal war die halbe Strasse voll Menschen. Sie hätten nur hören sollen, was man Ihnen für Ehrentitel gegeben hat —

Wisthofen. Du lieber Himmel, du lieber Himmel! — Sag mir nur Hanns Michel, was soll ich thun?

Hanns Michel. Das weiß ich nicht, Sie haben die Suppe eingebrockt, Sie mögen sie auch aussessen. Wie oft hab' ich Ihnen gesagt, daß Sie sich zum Gelächter machen werden, aber da half nichts. Nun mögen Sie's haben. Ihren armen Herrn Wilhelm wird man bald einsperren müssen, das haben Sie auch zu verantworten. Nun beissen Sie die Nuß nur auf, weil Sie sie doch dem nicht lassen wollten, der die Zähne dazu hat.

Wisthofen. Aber mein Neffe soll ja die Wittwe, und sein Erbtheil haben, wenn wir ihn nur wieder zur Vernunft bringen können.

Hanns Michel. Ehe ich den meinen auch verliere, so will ich lieber aus dem Narrenhause, so bald als möglich fort. Sie müssen sich um einen andern Bedienten umsehen.

Wisthofen. Vereinigt sich denn die ganze Welt auf einmal gegen mich? Mein Hanns Michel ich laß Dich nicht fort, Du mußt bey mir bleiben bis ich sterbe, und dann sollst Du ein gutes Legat erhalten. Ich werde nicht lange mehr leben, das versprech ich Dir. (Es wird an der Thüre geklopft.) Sieh' zu Hanns Michel, wer da ist. (Hanns Michel geht ab.) Was soll ich thun? Nein, das halt ich nicht aus. Ich will mich aufhängen, so bin ich der Angst mit einemmale los, denn wenn der alte Herr zurückkömmt, so kostet es mich wenigstens einen Flügel vom Leibe. (Hannsmichel kömmt zurück.)

Hanns Michel. (Mit Papieren in der Hand.) Da sind Leute draussen, die mir die Auszüge gegeben haben; sie sagen die ungarische Frau aus der Jägerzeile schicke sie her, sie würden hier bezahlt werden.

Wisthofen. Ich wollte, die ungarische Frau läge auf dem Grund der Donau. Was das für eine Unverschämtheit ist! mir jetzt schon ihre Schuldleute auf den Hals zu schicken. Schick sie zum Teufel, und sage ihnen, ich bezahlte keinen Heller.

Hanns Michel. Nun die werden einen saubern Lärmen anfangen. (Will gehen.)

Wisthofen. Bleib Hanns Michel, bleib! Sag' ihnen, ich sey jetzt beschäftigt, sie sollen morgen früh wiederkommen. (Hanns Michel will fort.) Halt! halt! das hiesse sich ja zu zahlen anheischig machen? — Nein, nein, nein, sag' ihnen, sie müßten warten, bis ich verheyrathet wäre, dann sollen sie befriedigt werden.

Hanns Michel. (Für sich lachend.) Wann du betrogen bist, so sind wir alle befriedigt. (Geht ab.)

Wisthofen. Daß ich unter allen erschröcklichen Dingen gerade an das erschröcklichste, an ein Weib denken, daß dies Weib eine Wittwe, und die Wittwe eine Ungarin seyn mußte! Quem Deus vult perdere! (Hört Lärmen.) Was

Was ist denn da, wohl wieder Jemand von der Familie? (Tritt bei Seite.)

Achter Auftritt.

Die Wittwe, als Husaren = Lieutenant Karvas (steckt eben ihren Säbel ein.) Hanns Michel folgt ihr.

Hanns Michel. Ich hoffe, Sie sind nicht verwundet Herr Offizier?
Wittwe. O gar nicht, gar nicht. Es war ihr Glück, daß sie davon liefen, sonst hätt' ich ihnen Beine gemacht. Ich will die Windhunde lehren mich durchs Glas zu beaucken Oerdög vigyenel! Ich wollt' ihnen die Haare gen Berg getrieben haben, wann sie Stand gehalten hätten. Die Dratpüpchen, sehen eher Mädchen in Hosen, als Männern ähnlich. Wo ist Euer Herr?
Hanns Michel. Hier Herr Offizier. Ich hoffe doch nicht, daß auch er Sie beleidigt hat?
Wittwe. Wann Du impertinent bist Bursche, so wirst Du mich beleidigen. Marsch! hinaus vor die Thüre.
Hanns Michel. Was für ein wilder kleiner Tartar! (Zu Wisthofen.) Hu! mir schaudert die Haut. (Ab.)
Wisthofen. Das ist ihr Bruder, bey allem was schröcklich ist, ihr Bruder von dem sie mir gesagt hat, und ihr so ähnlich, als ein Tiger dem andern. Ich schwitze über und über.
Wittwe. Ist Euer Name Misthaufen?
Wisthofen. Wisthofen heiß ich, und nicht Misthaufen.

Wietwe. Mind egy kurta, darüber wollen wir nicht streiten. Und Ihr seyd gebohren, und getauft mit dem Namen Thomas?

Wisthofen. So hat man mir gesagt, mein Herr.

Wittwe. So weit wären wir also. (Zieht einen Brief aus der Leibbinde.) Kennt Ihr diese Handschrift?

Wisthofen. So gut ich den Freund (seine rechte Hand weisend, und dabey lächlend) kenne, der mir bey dergleichen Gelegenheiten hilft.

Wittwe. Ihr hättet besser gethan Eure Zähne nicht zu zeigen, bis erst der Spas kömmt. Also, die Handschrift ist Euer?

Wisthofen. (Seufzt.) Ja Herr, es ist die meinige.

Wittwe. Kutya mendergös fzülette! warum seufzt Ihr, aus Schaam oder aus Furcht?

Wisthofen. Theils einer, theils anderwegen.

Wittwe. Wollt Ihr wohl so gut seyn, den Brief laut zu lesen?

Wisthofen. (Nimmt den Brief, und liest.) Madame!

Wittwe. Wollt' Ihr wohl so gut seyn uns wissen zu lassen, was für eine Madame Ihr meint. Denn bey Euch hier in Wien heißt alles Madame. Man liest ehe die Ueberschrift, ehe man den Brief öfnet.

Wisthofen. Ich bitte um Vergebung mein Herr! die Ceremonie gefällt mir gar nicht. (Liest.) An Madame Madame Hattyù in der Jägerzeile Nro. 109.

Wittwe. Kutya adyaba fzületett! Ich wollte —

Wisthofen. Was ist Ihnen?

Wittwe. Nichts, gar nichts — fangt nur an.

Wisthofen. (Liest.) „Da ich Ihre Glück-
„seeligkeit selbst der Begünstigung meiner Lei-
„denschaft vorziehe —

Wittwe. Ich will Eure Glückseeligkeit nicht der Begünstigung meiner Leidenschaft vorzieh-en — weiter —

Wisthofen. „So muß ich gestehen, daß ich „Ihrer Reize, und Ihrer andern Vorzüge un-„würdig bin —

Wittwe. Uson mega menkö! Allerdings! sehr unwürdig! weiter —

Wisthofen. „Es ist ein heftiger Streit zwi-„schen Billigkeit, und Leidenschaft bey mir ent-„standen —

Wittwe. Bey mir ist kein Streit. Billig-keit und Leidenschaft sind einig.

Wisthofen. „Die Vernunft war Schieds-„richterin, und die Billigkeit hat obgesiegt. „Ich bitte Sie also um Erlaubniß, Ihnen mit „allen Ihren Vollkommenheiten zu entsagen, „und Sie einem Verdienterem überlassen zu „dürfen, aber keinem der Sie mehr bewun-„dert, als Ihr Elender und unterthänigster „Thomas Wisthofen.

Wittwe. Ja elend sollst Du werden, dar-auf kannst Du Dich verlassen — Weiter das Postskriptum!

Wisthofen. Postskriptum. „Schenken Sie „mir Ihr Mitleid, aber strafen Sie mich nicht „mit Ihrem Zorn! — "

Wittwe. Zur Antwort auf diesen Liebes-brief Du mitleidswürdiger Kerl schickt Dir mei-ne Schwester ihren zärtlichsten Gruß, versichert Dich, daß Du nach Deinem Wunsch ihr Mit-leid hast, und diesem fügt sie noch großmüthig ihre Verachtung bey.

Wisthofen. Ich bin ihr unendlich verbunden.

Wittwe. Und mir erlauben Sie Ihnen im Namen unserer ganzen Familie das nämliche zu sagen.

Wisthofen. Ich küsse der ganzen Familie die Hand.

Wittwe. Aber noch nie hat unsre Familie es zugegeben, daß ein Versprechen, das einem Gliede derselben gethan worden, hat können gebrochen werden, ohne den Verwegenen dafür zu zeichnen, der die Kühnheit gehabt hat, es zu brechen — diesmal also will ich Euer Operateur seyn, und ich glaube, Ihr werdet finden, daß ich eine sehr leichte Hand dazu habe, und Euch so wenig wehe thun will, als es nur immer seyn kann. (Sie knöpft den rechten Ermel ihres Dollmann auf, und legt den Pelz ab.)

Wisthofen. Um's Himmels willen, was machen Sie?

Wittwe. Ich mache mich komode, um etwas gelenker zu seyn. Es ist für Euch und mich gut. Denn Ihr sollt zwey Hiebe kreuzweise übers Gesicht haben, als wann sie Euch der Mahler hingepinselt hätte.

Wisthofen. Gott bewahre, was das für ein blutiger Kerl ist. Wenn nur mein Hanns Michel hier wäre.

Wittwe. Kommt macht Euch fertig, es soll gleich geschehen seyn; Ihr seyd nicht der erste, dem ich Nase und Ohren weggehauen habe, ehe er noch wußte, was mit ihm vorgeht.

Wisthofen. (In äusserster Angst.) Aber gesetzt mein Herr! ich wollte Ihre Schwester heyrathen?

Wittwe. Da hab' ich nicht das mindeste entgegen. Sobald Ihr von Euren Wunden geheilt seyn werdet. Vadáz Gábor lebt itzt recht glücklich

lich mit meiner Großtante im Barscherkomitat
bis auf einen schiefen Hals, den er von einem
Hieb von mir ins Genicke überbehalten hat. Der
wollte sie auch sitzen lassen, und hatte ihr die
Ehe versprochen, aber ich hab' ihn mit diesem
Familienmittel (auf den Säbel deutend) zur
Räison gebracht. (Geht auf ihn los.)

Wisthofen. Himmel steh mir bey! — Nun
gut mein Herr, wenn ich muß, so muß ich.
Morgen will ich Sie zwischen den Brücken antreffen, laß dann die Folgen seyn, welche sie
wollen.

Wittwe. Aus Furcht, Sie möchten darauf
vergessen, muß ich Sie bitten, mich jetzt mit
einem kleinen Gang zu beehren, denn ich habe
nun schon einmal meinen Kopf darauf gesetzt,
und — ein Sperling in der Hand ist besser, als
eine Taube auf dem Dache. tsak Frissen s'
bútran!

Wisthofen. Aber ich habe meine Sachen noch
nicht in Ordnung gebracht.

Wittwe. Gut! so bringt sie den Augenblick
in Ordnung.

Wisthofen. Aber ich verstehe mich auf die
Klinge nicht, ich wollte mich lieber auf Pistolen
schlagen.

Wittwe. Ich bin äusserst glücklich, daß ich
Ihnen auch hiermit dienen kann. Wir wollen
uns auf einen Mantel schlagen; hier Herr
wählt. (Zieht zwey kleine Sackpuffers aus
der Tasche.) Sie sehen, ich bin so gefällig, als
Sie's nur wünschen können.

Wisthofen. Aus dem Regen in die Trauffe.
Es ist nicht von ihm los zu kommen. Ich will
darauf schwören, wann ich Gift gewählt hätte,
er hat auch Arsenikum bey sich — Sehen Sie nur
junger Herr, ich bin ein alter Mann! Sie werden

den wenig Ehre davon haben, wann Sie mich umbringen. Aber ich habe einen Neffen, der ist von Ihrem Alter, mit dem messen Sie sich, das bringt Ihnen mehr Ruhm.

Wittwe. Auch mehr Vergnügen — Nur Geduld, bis ich mit Ihnen fertig bin. Zur Sache Herr — (Geht auf ihn los.)

Wisthofen. Aber mein Gott! Ich kann die Sache mit Ihnen nicht ausmachen. Ich kann mich nicht schlagen, ich will mich nicht schlagen — ich will lieber alles in der Welt thun, als mich schlagen. Ich will Ihre Schwester heyrathen, mein Neffe soll sie heyrathen, ich will ihr mein halbes Vermögen geben, was wollen Sie dann mehr, he! Neffe! Wilhelm! Hanns Michel! Grünau! Mörder! Mörder! (Er will fort, sie verfolgt ihn.)

Neunter Auftritt.

Wilhelm, Grünau, die Vorigen.

Wilhelm. Was giebt's Herr Onkel?

Wisthofen. Mörder giebt's, das ist alles. Der gottlose Mensch da will mich umbringen, und hernach aufessen.

Wilhelm. Lassen Sie ihn mir über. Ich will den feurigen Herrn schon zurecht weisen. Kommen Sie heraus mein Herr, ich bin so närrisch wie Sie, zwischen uns ist Partie égal.

Wittwe. Ich folg' Ihnen durch die ganze Welt. (Wollen gehen.)

Wisthofen. Halt! halt! Neffe Du sollst Dich nicht mit ihm schlagen; das grimmige Ungeheuer könnte Dich umbringen, und Deinen Tod hätt' ich auf meiner Seele — Lieber Wilhelm! mach' Dich und mich glücklich — Sey der Oehlzweig, der wieder meinem Hause den Frieden verkündigt. Nimm die Wittwe, ich geb' Dir meine Einwilligung, Dein Vermögen, und ihr ein Heyrathsgut von 10000 Gulden. Bereden Sie ihn doch lieber Grünau.

Grünau. Ich dächte Wilhelm, um den Preis könntst Du's eingehn. Du liebst sie ja noch immer, und es ist das einzige Mittel uns alle wieder vernünftig zu machen.

Wilhelm. Ich muß erst ein paar Worte in Geheim mit dem hitzigen jungen Herrn sprechen.

Wittwe. So geheim als Sie wollen.

Wisthofen. Nehmen Sie ihnen die Waffen weg, Grünau! Und kommen Sie mit in mein Kabinet, Sie sollen als Zeuge unterschreiben. (Geht ab.)

Grünau. Viktoria, Viktoria, gebt mir Euer Mordgewehr, ein angenehmer Vergleich erwartet Euch — Ich könnte aus der Haut fahren für Freude — (Geht dem Wisthofen nach.)

Zehnter Auftritt.

Die Wittwe, Wilhelm, Hanns Michel (der hereinschleicht, mit einem Licht in der Hand zum Siegeln.)

Hanns Michel. Freude, Freude, charmantes Paar. Der alte Fuz ist gefangen. Ich will Sie nicht stören. (Geht Wisthofen nach.)

Eilfter Auftritt.

Wilhelm und Wittwe.

Wilhelm. Englisches Weibchen, was für einen Tag haben wir heute überstanden!

Wittwe. Nun hab' ich denn meine Sache gut gemacht, glauben Sie, daß ich Anlage zu einer Aktrize habe?

Wilhelm. Ich habe die ganze letzte Szene an der Thür mit angehört. Gott weiß es, was für Angst ich ausgestanden habe. Wenn mein Alter nun Stand gehalten, und von Leder gezogen, oder gar geschossen hätte?

Wittwe. Die Pistolen sind nicht geladen, und hätt' er von Leder gezogen, so wär ich davon gelaufen, so wie er's gethan hat. Wann zwey Bärnhäuter zusammen kommen, so kömmts ja nur darauf an, welcher am ersten lauft, und sicher, einen alten Mann wie Ihr Oukel ist, kann ich auf alle Fälle Kaput machen.

Wilhelm. Lassen Sie mich auf diese Ihre liebe Hand das Siegel meiner Glückseeligkeit drücken, und seyn Sie versichert, ich bin um so dankbarer für das, was Sie für mich gethan haben, je weniger ich es zu verdienen glaube.

Wittwe. Ich will Ihnen was sagen — wär' ich nicht überzeugt, Sie verdienten alles, was ich für Sie gethan habe, ich hätt's gewiß nicht unternommen. Und — bilden Sie sich ja nicht ein, daß, weil ich um den Mann, den ich liebe, ein wenig zu weit gegangen bin, ich auch als Ihre Frau zu weit gehen werde. Von nun an spiel ich keine Komödie mehr.

Wisthofen. O göttliches, anbetungswürdiges Weib. (Kniet, und küßt ihr die Hand.)

Zwölf=

Zwölfter Auftritt.

Wisthofen, Grünau, die Vorigen.

Grünau. Brav! da haben wir die Bescheerung!

Wisthofen. (Erstaunt über die Attitude.) O weh! o weh! Grünau! ich fürchte mit seinem Kopfe ist's noch nicht richtig. Er hat dem Offizier auf den Knien die Hand geküßt.

Wittwe. Ich finde Herr! daß Ihre Familie mehr fürs küssen, als fürs fechten ist. Ich wollte mich mit meinem besten Freund lieber herum raufen, als ihn so auf französisch küssen und herzen. Er schwört, ich sähe meiner Schwester so ähnlich, als eine Taube der andern.

Dreyzehnter Auftritt.

Karvas Uram, die Vorigen.

Karvas. Da bin ich wieder, und ich komme zurück, Ihnen eine Antwort zu geben, ohne daß ich eine zu geben habe. Meine Tochter ist nicht zu Hause, und ich höre hier, daß mein Sohn in Wien ist, ob ich gleich erst gestern Brief von ihm aus Uj-Banya erhalten habe — ist es möglich? so wahr ich ehrlich bin lehetetlen! Betsületemre mondon, da ist ja mein Sohn und meine Tochter zugleich. Was ist das für eine Maskerade? Mädchen! hast Du Dich schon in die Hosen gesteckt, um zu sehen, wie sie Dir anstehen werden, wenn Du seine Frau (auf Wisthofen weisend) seyn wirst.

Wittwe. Ich bitte Sie um Vergebung. Ich trage sie vor der Hochzeit, weil ich glaube, da stehn sie einem Weibe besser als hernach.

Wisthofen. Was — Was — Was ist das? ist dies nicht Ihr Sohn?

Karvas. Nein, aber es ist meine Tochter, und das ist einerley.

Wittwe. Und Ihre Niece, das ist besser als alles.

Wisthofen. Was? betrogen wär' ich. Am Ende bist Du auch nicht närrisch Bursche. (Zu Wilhelm.)

Wilhelm. Ich simpatisire mit Ihnen Herr Onkel, wir haben mit einander unsern Verstand verloren, und finden ihn auch zu gleicher Zeit wieder.

Wisthofen. Spizbüberey über Spizbüberey! Geben Sie mir die Verschreibung Herr Grünau, nicht einen Pfenning soll er haben, auffer das Gericht spricht es ihm zu.

Grünau. Wir wollen das Gericht um die Sporteln betrügen, und ihm die Verschreibung gleich geben.

Wisthofen. Sein Erbtheil mag er nehmen, aber von denen 10000 Gulden, keinen Kreuzer.

Grünau. Ich habe als Zeuge unterschrieben Kinder! er muß sein Versprechen halten.

Wisthofen. Also bin ich von allen Seiten betrogen?

Grünau. Zu Ihrem eigenen Besten, glauben Sie mir's nur. Eine junge Frau ist für einen alten Mann ein schneidendes Messer in der Hand eines Kindes. Wann Ihr erster Verdruß vorüber seyn wird, werden Sie es uns Dank wissen.

Wisthofen. He! Hanns Michel! Hanns Michel!

ein Luſtſpiel.

Letzter Auftritt.

Hanns Michel, die Vorigen.

Wiſthofen. Hanns Michel, ſieh nur ſieh! man foppt, man betrügt, man beſtiehlt mich.

Hanns Michel. Ich wünſche Ihnen Glück, das iſt das beſte, das Ihnen hätte begegnen können, und als Ihr treuer Diener hab ich redlich, und nach Möglichkeit mitgeholfen.

Wiſthofen. Mich zu betrügen?

Hanns Michel. Sie galoppirten ja Hals über Kopf nach dem Narrenthurm zu. Und wären wir Ihnen nicht in die Zügel gefallen, ſo wären Sie am Ende wahrhaftig zum Geſpötte der ganzen Stadt geworden.

Wiſthofen. Was? Du haſt geholfen mich zu betrügen et tu mi fili Brute?

Hanns Michel. Zu Ihrem eigenen Glücke. Sie ſind lange genug ein Narr geweſen, fangen Sie jetzt an vernünftig zu werden. Ihr Neffe hat jetzt Frau und Vermögen, geben Sie ihm Ihren Segen dazu, und leben Sie wieder fein chriſtlich wie vorher.

Wiſthofen. Meinem Neffe? Ich kann ihn nicht anſehen. Auch der Ton meiner eigenen Stimme iſt mir fatal. Mein eigenes Geſicht mag ich nicht mehr ſehen — Wie einen Schulknaben haben ſie mich zum Beſten gehabt. Daß ſag' ich Euch, laßt mich nichts von Euch weder hören noch ſehen, wenn Ihr wollt, daß ich vergeben und vergeſſen ſoll. Ich werde keinem Menſchen mehr ins Geſicht ſehen können. (Geht ab.)

Wittwe. Ich hoffe Herr Vater, Sie werden nichts dagegen haben, daß ich den Neffen

dem

dem Onkel vorgezogen habe — Wir werden weniger reich, aber desto glücklicher seyn.

Karvas. Du bist Frau für Dich. Und wann Du mich mit Deinen Widerwärtigkeiten nicht plagen willst, über Dein Glück werd' ich mich herzlich freuen.

Wilhelm. Es würde meine gegenwärtige Freude sehr verkümmern, wenn ich glauben könnte, daß irgend ein Mensch auf der Welt an dem Glücke meiner lieben Wittwe mehr Antheil nehmen, und ihre Widerwärtigkeiten lieber mit ihr theilen sollte, als ihr Liebhaber und Mann.

Wittwe. Mein Glück ist ohne Gränzen, so lange Sie mich lieben. Und das werden Sie ja wohl immer, Wilhem? Nicht? Nicht? So bald Sie aufhören — Az Istenért ne tselekeddazt — sonst Emberségemre Mondon! Einen Kreuzhieb über's ganze Gesicht. (Hält sich die Augen zu.) O pfui, Affe!

Ende.